코끼리의 꿈

| 권희영 |

상담하는 그림작가로 글을 쓰는 순간마다 그림 속 작은 아이를 토닥이는 사람이다. 한양여자대학에서 일러스트레이션을 공부한 후 아이를 둘러싼 가족에 관심을 갖고, 명지대 아동학과에서 아동 가족심리치료 박사과정 중에 있다. 현재 꼬맹이 심리상담연구소 소장과 굿이미지심리치료센터에서 심리치료전문가로 일하고 있으며, 그림과 상담의 중간쯤에서, 아이들의 마음을 상담으로 풀어내는 일러스트 작업을 계속해나가고자 하는 작은 꿈을 실천하고 있다.

코끼리의 꿈

글·그림 **권희영**

작가의 말

세상은 선물로 가득 차 있습니다.
햇살, 하늘, 구름, 바람, 나무
아이의 환한 웃음

빛과
용기를 나누고
서로의 따스함을 느끼며
이 순간의 기적에 감사하며 살아가는 것입니다.

- 2020년 권희영

| 차례 |

1부

거품 목욕

분수 축제

반짝 반짝 초콜릿
초콜릿들이
재주를 부려

엄마 몰래 초콜릿
쏘옥

내 입안에
초콜릿 궁전이

무지개 징검다리 건너 칫솔 왕국으로
칫솔병정들과
한바탕 분수 축제

치카치카, 쓱싹쓱싹

새하얀 네모 친구들의
축제 시작

어떤 상상

배가 빵빵
뷔페식당

부르릉
시동을 거는데

꽈당
파스타가 와르르
난
파스타 샌드위치

달리던 동생위로
아이스크림이 우르르
아이스크림 와플이

으하하
우당탕탕
재밌는 상상

꼬리가 말린 건

아가 꿀돼지는 꿀꿀
노는 게 좋아

개어진 빨래들이 꿀돼지에게 꿀꿀
날 서랍에 넣어줘
싫어. 난 놀고 싶어.
날 서랍에 넣어주지 않으면 먼지가 풀풀
꿀돼지는 꿀꿀 툴툴거리며 빨래들을 서랍에 쏘옥

식탁에는 맛있는 음식이 가득
수저를 놓아줘!
음식들이 수저로 먹어달라고 아우성
싫어. 싫어!
수저를 놓아주지 않으면 우릴 먹을 수 없어.
꿀돼지는 수저를 식탁에 차곡차곡

서랍속 옷들이
날 넣어줘서 고마워.
꿀돼지를 살며시 토닥
수저들이 꿀돼지에게 고개를 숙이고 인사해요.
고마워요. 꿀돼지님!

마음이 퐁퐁
꿀돼지의 꼬리가 스르륵 말려요.

네 살짜리 신발신기

부우웅
왼발 오른발 신발 비행기가 날 불러.

끙끙
발을 쏘옥
한발
두발
연료 완료!

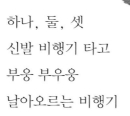

하나, 둘, 셋
신발 비행기 타고
부웅 부우웅
날아오르는 비행기

구름에 얹어둔 내 신발
꿈 속에서 나를 태우고 날아가

거품 목욕

저녁마다 거품이와 만나요
보글 거품
나와 거품이는 친구

거품이와 함께 놀아
거품이가 두둥실
나도 두둥실
내가 첨벙
거품이도 첨벙 첨벙
거품이는 아무도 없을 때 나에게만 말을 걸어
빙그르르 돌아보라고
거품이 손을 잡고 빙그르르 함께 돌지
와우

안녕
거품아
내일 또 봐

거품이가 웃어요.

양말신기

내 발과 양말은 단짝

양말을
끙끙
어,
뒤집어 신었네.

괜찮아
좋아

16

정리요정

하늘의 때를 빨아 하얗게 펴고
나뭇잎들은 노랗게 물들여 나무에 달아두는 건
은우 방에 다녀간 정리요정이예요.

색연필아
술래잡기 하자.

어지러진 방에선
모두 보이지 않아요.

정리요정이 다녀간 방에서
나 여깄어.
색연필이 손을 흔들죠.

얼음 땡

하늘빛 솜사탕 안에
보들보들 달콤달콤 구름이 숨어 있듯
비온 뒤 풀잎 위
달팽이 공주가 풀잎 뒤에 숨었다.

비가 함께 놀자고 똑똑 두드렸더니
"아이 무서워!"
달팽이 공주가 집에 포옥 숨었다.

흙아저씨가 달팽이 공주를
쓰담쓰담
달팽이 공주는 더듬이를 반짝 내밀고

살금살금
처음 만나는 빗방울 언니와 손을 잡는다.

달팽이 공주야
흙속의 웃음도
물속의 눈물도
꽃속의 사랑도
즐기려무나.

비눗방울

와
후후
내가 만든 비눗방울

엄마 이거 봐 봐!
우와
나비
나뭇잎
하늘을 나는 배

캐치볼 공 비눗방울

이리 저리
두근두근
비눗방울이 저 멀리

엄마!
내 방울이 멋지죠?

엄마!
나 멋지죠?

구름 이불

흙길은 포근한 구름 이불

개미가 살고
공벌레가 살고
하얀 나비가 날아다니는
나뭇가지가 마법지팡이가 되고
작은 풀꽃이 내 손에서 피어나는

내가 걸을 때마다 내 발을 안아주는
구름 이불

새싹이

많이 먹어.
물을 쪼르륵
"씨씨 씨를 뿌려요, 싹싹 싹이 났어요 ♪
하룻밤, 이틀밤 ♬"

애들아 얼마나 컸니?
사랑을 톡톡

씨앗들이
잠에서 깨어
톡

나에게도 방금 태어난 생명 한 조각이
탁
탁
타탁

딸랑이 놀이

쿠리가 딸랑
엄마가 딸랑
쿠리가 딸랑딸랑
엄마도 딸랑딸랑

쿠리가 데구르르
엄마도 데구르르

쿠리가 데구르르르르르
엄마도 데구르르르르르

쿠리가 땡 땡
엄마도 땡 땡

엄마가 딩동댕
쿠리도 딩동댕

쿠리가 까르르
엄마도 호호호

스케이트

얼음으로 가득한 세상
얼음나라의 왕자가 간다.

깜짝이야

미끌미끌
흐물흐물
왕자 다리는 오징어 다리

얼음공주가
한 발 한 발
얼음왕자도 하나 둘 하나 둘
앞으로

얼음나라의 마법

무서운데
웃음 가득

쿵쿵

와!
비둘기다!
다다닥
깜짝 놀란 비둘기가 후다다닥
날아올라

비둘기가 내려앉은 곳마다
윤지가 달려가.

쿵 하고 발을 구르면
후다다닥 날아오르는게 좋아서

제비꽃과 이야기하는 참새에게도 뛰어가.
참새도 파닥 파다다닥
깜짝 놀라 나무위로 휘리릭

하늘을 향해 솟아오르는
날개짓이 좋아서

자꾸만 자꾸만 쿵쿵쿵
윤지도 하늘로 날아올라.

구름 할아버지가 윤지의 머리를 쓰다듬어.

빗물가족

빗물 오빠가 놀러오면
땅 언니 보조개가
찰박

빗물 오빠
웃음

내 눈물이 놀러를 나오면
찰박 찰박

눈시울에 외로움이

가만가만
땅 언니가 놀러 나온
내 눈물과 놀아줘요.

2부

슬라임 놀이터

별빛

밤이 되면, 하늘은 어둠으로 가득해.
아가 토끼가 눈을 깜박일 때마다
눈물은 별빛이 되어 하늘로 올라가.

별빛이 사는 곳은

겉으론 화내면서 속으로 우는 엄마는 없어.
엄마가 회사에 가는 아침마다 이모네 집에 안 가도 돼.

별빛이 머무는 곳은

아빠와 함께 회전목마도 탈 수 있지.
풍선도 웃고 있어.

아가 토끼에게 아가 별빛이 스며 들지.
아가 토끼는 그 곳에 살아.
눈물도 웃지.

설거지

고양이 엄마는 설거지 중
분홍 고무장갑 끼고
보글

아가 고양이도 엄마 곁에서
더 작은 분홍 고무장갑 끼고
물로 그릇들을 샤워시켜줘요.

보글보글 뽀드득

엄마 고양이랑
아가 고양이랑
뽀드드득

둘이 만든 아름다운 오늘

바람 아줌마 흙 아저씨 고마워요

저기 하늘을 봐.
민들레 씨가 바람을 타고 둥실 떠올라 훨훨 날아가.
엄마 품을 떠나 새로운 여행을 시작해.
여긴 어딜까?
바람 아줌마가 데려다준 이곳은 어딜까?
파란 하늘과 넓은 잔디밭이 있는 이곳

민들레 씨앗 루루는 이곳에서 살고 싶어요.
루루는 작고 약해서 누군가가 도와줘야 해요.
흙 아저씨가 날아가려고 하는 민들레 씨앗을 붙잡아줘요.
"네가 여기서 살 수 있도록 도와줄게."
빗물 아가씨가 말했지.
"난 시원한 물을 줄게."
루루는 이곳까지 데려다준 바람 아줌마,
뿌리를 내릴 수 있게 해준 흙 아저씨,
목을 축여준 빗물 아가씨에게 고마워요.

"노란 별빛이 이곳에 피었네."
흙 아저씨와 빗물 아가씨와 모든 이들이 기뻐해요.
루루는 모두를 위해 노란 별빛을 반짝여요.

33

막대사탕은 선글라스를 좋아해

엄마 내 옆에 있어줘
전화만 하지 말고
내가 하는 것 좀 봐줘

엄마는 선글라스
난 막대사탕

엄마가 나만 담고 있을 때
난 정말 달콤달콤

선글라스가 날 보고 있다
좋아

태민이는 아마

홍태민은 누나들이랑만 노는 게 질렸대요.
누나랑 누나 친구랑 노는 건 재미없대요.
이제 태민이도 일곱 살 친구랑 놀고 싶대요.

그래도 내가
"홍태민!" 같이 놀자 하고 부르면
쪼르르르 달려와
나와 내 친구 가운데로 엉덩이를 들이밀고
앉을걸요.
꼭 가운데 자리에

아빠가 좋아

심심한 날
테니스라켓이 날 불러
야구 방망이로 변신
후다다닥
야구 모자를 눌러쓰고
두 손으로 야구 방망이를 잡고
"하나! 둘! 셋!"

아빠가
공을 던져줘요.
'아빠가 내 맘을 어떻게 알았지?'

공을
탕!
아빠에게 나도
와락

활짝 웃는 공
꽃봉오리

셋이서만

다솜아, 다정아, 서영아
셋이서만 아이스크림을 먹고

특히 서영아!
넌 여섯 살 때부터
내 친구였잖아.

셋이서만 다정이네 집 가서
놀다 오고

난 집에 달려갔어.

내 몸에서 빗물이
쏟아져 내렸단 말이야.

두발 자전거

어스름한 저녁
둘만의 비밀 데이트
아빠가 아기 두더지 자전거의 보조바퀴를 떼요.
자전거 뒷바퀴에 바람을 후~
저전거 바퀴가 빵빵

두더지 아기가 자전거에 올라타고
아빠가 자전거를 잡아줘요.

"그래 그렇게 타는 거야."
"흔들려요! 무서워!"

"자전거는 원래 흔들리는 거란다."
"….."
"옳지!"

아빠는 두더지 아기의 자전거를 있는 힘껏 붙잡아줘요.
자전거는 흔들
아빠 두더지도 흔들 흔들

아기 두더지 가슴에
아빠와 함께한 자전거 흔들 씨앗이 쏘옥

흔들 흔들 흔들
그러다가
씽~씽~

속상해

얼마나 기분 나쁜 줄 알아?
엄마가 나한테 물어보지도 않고 말이지
나도 자장면 한 그릇 다 먹고 싶은데 말이지
엄마 마음대로
흥!
나도 오빠처럼 자장면 한 그릇 다 먹고 싶단 말이야

파마머리

엄마는 돌돌돌 부드러운 파도머리
난 나풀나풀 파도 속으로 쏘옥

나도 엄마를 졸라서
파도가 넘실대는 파마머리를

엄마랑 나랑 똑같아

노란 웃음파도

엄마의 파도와 내 파도는 만나지
엄마의 어깨 위에서 나비처럼 나풀나풀

때로는

공책에 내 얼굴을 그리고 지워요.
아무리 지워도 눈물이 안 지워져요.

우리 예쁜이 왔어.
간식 먹자.
엄마 목소리에 눈물 와르르

눈물이 씻겨 가는 내 얼굴

할아버지랑 나랑

할아버지 이마에 하트 스티커
볼에 나비 스티커
멋진 코에는 꽃 스티커
리본도
라라랄 라라

할아버지 손에도 붙여 줘야지.

예쁜 할아버지
내가 많이 많이 사랑하는
스티커 할아버지

김밥 놀이

김 위에 밥을 올리고 꾹꾹 눌러
햄, 계란, 단무지, 당근
돌돌
말아 말아

이불 위에 나를 올리고 꾹꾹 눌러
또르르르
말아 말아

김밥 가득 즐거움이 담겨 있지요.

라면 냄새

우리 집에서는 라면 냄새가 나요.

내가 집 앞 피아노 학원을 갔다 오면
엄마는 마치 내가 먼 나라 여행에서 돌아온 것처럼
우리 똥지 왔어
라고 맨발로 나와 날 안아줘요.

나를 안고 뱅그르르
난 아기 캥거루

라면 냄새가 나는 맛있는 집

물주기

태윤이가 계란꽃같이 흐드러지게 웃도록
날마다 생명의 분수를 뿌려주는 건
엄마예요.

태윤이와 엄마가
작은 꽃바구니를 만들었어요.

꼬르륵
꽃바구니의 꽃이 배고파서
꼬륵 꼬르륵

"예뻐!"
꽃을 안아줘요.

태윤이가 컵에 물을 그득 받아와요.
또롱 또롱 또로로로

꽃바구니에
또로롱 톡톡톡
물이 주르르르르륵

"예뻐!"
태윤이가
꽃바구니에 또 물을 주어요.

꼬르륵 꼬르르르륵
또로롱 또로로로로롱 주르르르르륵

꽃은 이제 배가 불러요.
물이 넘쳐 후두두둑 작은 냇물이 되어요.

"꽃은 아직도 꼬르르르륵이야"

태윤이는 방실방실
냇물은 엄마 앞에만 가면 마르죠.
엄마는 마법사

47

3부

고양이와 나

바다와 비

바다 랑만 놀고 싶었어.
둥둥
바다와 이야기를 나누고 싶었거든

바다를 만나러 간 날
비도
날 찾아왔어.
에이!

후득
후드득

우산을 쓰고 바다를 거닐어

나도 같이 놀자
비가 내 손을 잡아끌어.

바다도 내 발을 자꾸만
간지러워
푸하하
놀자

바다랑 나랑 비랑
셋이서
모두 모두 간지러워서

고양이와 나

배를 깔고 엎드려 있던
고양이가
없어졌다.

나도 엎드려 본다.
소파 밑에
들어가 본다.

누가
날 찾아줄까?

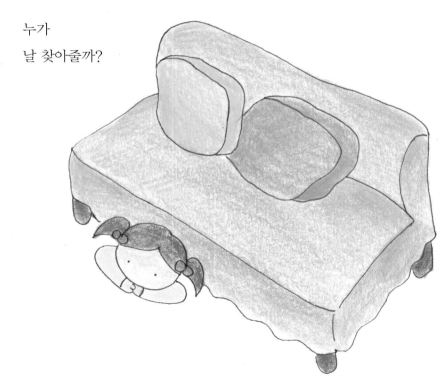

카드 게임

수박 구름, 도토리 구름, 레몬 구름이
옹기종기 모여 앉아 카드 게임을 해.

같은 색만 내기
도토리 구름 차례인데 낼 카드가 없어.
천둥 구름이 된 도토리 구름

수박 구름이 달콤한 수박 주스 한 모금을
천둥 구름에게

구름 친구들
카드 게임 다시 시작!
달콤쌉싸름한 게임 맛

구름 아가들의 굳센 마음

슬라임

친구 손을 잡고
솜사탕 슬라임 카페

쉐이빙 폼을 쿨쿨 쭈욱쭈욱
손바닥 가득 눈사람과 참새가 놀러왔어.
짹짹
물풀 애기가 쫀득쫀득
쫀득이 애기와 한참을 놀아.
리뉴 친구는 똑똑똑 노크를
모두 함께 재미있게 놀라고
조물딱 조물딱
눈사람과 참새가 재잘재잘
물풀 애기가 끙끙
리뉴 친구도 사이좋게
조물조물
주물럭 주물럭
쭉 쭈욱 늘려보고
까르르르
빙글빙글 돌려봐

슬라임 속으로 쏘옥
우린 슬라임 텐트를 치고 솜사탕 캠핑

소풍

어느 맑은
초여름 날의 한낮에
토끼 친구들이 놀러 나왔어요.
재밌는 깡충

토끼들은
놀이터를 지나
얕은 잔디밭에서
시간을 보냈답니다.

라일락 향을 가득 머금은
언덕에 서 있는 커다란 나무 아래에
옹기종기 모여 앉아
이야기를 깡충 나눠요.

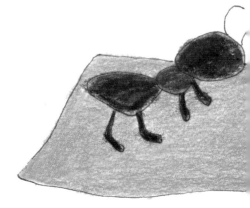

토끼들이 개미 가족을 발견해요.
개미 가족과 한참동안 도란도란 깡충
민달팽이 친구를 만나
소곤소곤
토끼는 개미와도 민달팽이와도 친구가 되요.
기쁨의 깡충
작은 토끼는 개미와 민달팽이의 비밀도 함께 나눠 먹지요.

토끼 친구들을 내려다보던
라일락 나무도 초여름의 따스한 만남을 간직해요.

수상한 네일샵

신데렐라 네일샵이 문을 활짝
어서 오세요!

무슨 색으로 해드릴까요?
하늘색
루비 손톱은 하늘빛 활짝 핀 구름

나도요!
손님 번호는 3번
다음 손님은 4번
모두모두 신데렐라 네일샵에서

3번 손님 들어오세요.
핑크요
경이 손톱은 벚꽃 빛으로 생글생글

4번은 차례를 기다려요.
4번 손님이요!
제비꽃, 민들레꽃, 진달래꽃, 오렌지가 방글방글
피어나요.

네일샵 주인은 손님에게 별빛을 그득히

친구들과 하는 네일샵 놀이
노란 해바라기 되어
가슴 속 등대가 되죠.

나만 보면

경비아저씨는 나만 보면 저 멀리서 쫓아와.
나만 보면 인사를 하래.
난 최대한 빨리 뛰어.

경비아저씨는 비눗방울을 잘 분다고 해.
난 미끄럼틀을 타면서도 비눗방울을 불 수 있는데
사실은 비눗방울 속에 들어가 날아본 적도 있는데 말이야.

이제 줄넘기도 할 수 있네. 라고 해.
10번도 더 넘게 뛸 수 있는데
줄넘기는 내 단짝 친구라서
11번도 12번도 내 손을 잡고 함께 뛰어 노는데 말이야.

경비아저씨가 안 보일 때를 기다렸다
난 후다닥

놀이터

꼬불꼬불 아이비 손이
내 손을 잡아
연둣빛 아이비가 되어
미끄럼틀을 오르락내리락

다정한 아이비 손
따스한 놀이터

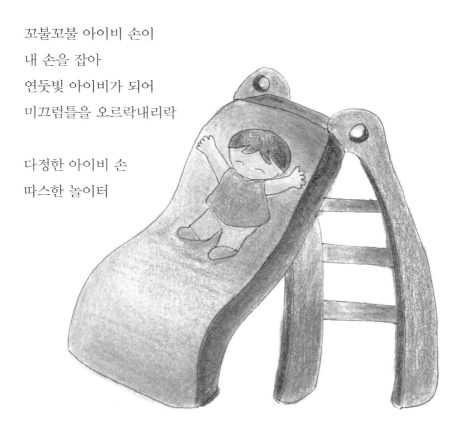

입학식

처음 가는 유치원

내 옆 아이가 날 봐
선생님이 색칠하라고 할 때도
자꾸만 날 바라봐.
갸우뚱

집에 갈 때
누군가 내 어깨를
톡 톡

나랑 친구할래?

개미 아파트

개미는 집이 필요할거야.
개미는 아파트를 더 좋아할 거야.

우린 개미 아파트를 짓지요.

동그랗고 부드러운 돌은 개미네 소파
작은 풀꽃은 개미네 장식품
어쩌면 강아지풀도 필요할지 몰라

개미 가족을 집에 넣어줘.
개미가 개미가
탈출했어!

셋은 발을 동동동
개미는 허둥지둥

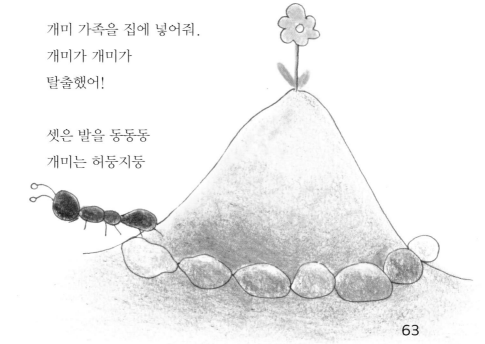

울어요

조잘조잘 우리는 늘 셋이 함께
서아랑 하영이는 이제 같은 반
둘이서만 뽑기를 하고
둘이서만 집에 가고

비 오는 은행잎 길
얼굴이 젖은 아이

바람이 가만가만
은행잎과 걷는다.
은행잎이 가만가만
아이와 손을 잡고 걷는다.

일곱 살 친구

엄마 따라 커피숍에서 널 처음 만난 날
널 보지 못했어.
아래만 물끄러미

아무 말도 못하고
놀이터까지 함께 달린다.

그네를 타
6살친구만 좋았는데
7살친구도 좋아질 것 같다.

풀잎 바람개비

풀잎 바람개비와 바람 친구들 데리고 놀러를 가요.

풀잎아 안녕?
풀잎을 스르르 놓으니
도루루루
바람 친구 타고 날아요

나도 바람타고
도르르르

풀잎 바람개비 친구도 바람 친구도 날 위한
누군가의 선물

친구

엄마는 유치원 가기 전 아침에는 친구를 만나지 말래.

하지만 내일 아침에
분수대 앞에서 은아가 아이스크림 먹자고 했는데······.

우린 은아를 기다려
기다려도 오지 않아.

저 멀리 은아가 있어
우린 달려가
함께 과자를 나눠 먹어.

아이스크림이 아니어도 좋아.
과자 손을 잡았으니

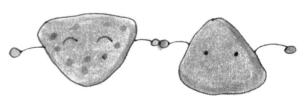

난 친구가 좋아.

엄마는 내 맘도 모르면서······.

엄마가 화낸 날

난 샐리를 만나러 가.
내가 이름을 지어준 샐리 그네

눈을 감으면
샐리와 하늘을 날지.

바람 아저씨와 손을 잡아
발바닥을 살살 간질간질
보랏빛 라일락 맛있는 향기까지 도착
구름 솜사탕은 폭신폭신
부드러운 솜사탕 이불속으로
쏘옥

엄마가 나한테 화낸 것도 잊어버려.

4부

코끼리의 꿈

함께 만든 ㄱㄴㄷ
(한글공부 다했다 ㅎㅎㅎ)

내가 허리를 숙여 인사하면 ㄱ
아빠가 의자에 앉아 신문을 읽으면 ㄴ
엄마가 다림질을 하면 ㄷ
너와 내가 손가락으로 함께 만든 ㄹ

할아버지와 할머니가 있는 사진 액자 ㅁ
보슬보슬 빗방울이 만드는 ㅂ
두 발로 만든 ㅅ
강아지의 동그란 코로 만드는 ㅇ
동생을 눕혀 만든 ㅈ
모자까지 씌어주면 ㅊ

한글공부 다 했다
하하하 즐거움의 ㅎㅎㅎ

인사

벚꽃아 잘 잤니?
목련이 방긋
요정이 인사도 예쁘게 하네.

벚꽃이 요정에게
꽃비 톡톡

방긋
톡톡
그리고

이야기

하나, 둘, 셋

하나, 둘, 셋
사탕 하나
초콜릿 둘
구름 셋

계단 한 칸
두 칸
세 칸

난 하나
엄마는 둘
아빠는 셋

재밌다

좋은 일

유치원에서 지후가
나한테 물총을 쏘았다.
음
그리고 초코 아이스크림 간식이 나왔다.
사르르 아이스크림이 맛있어
아이스크림만 내 맘에 가득

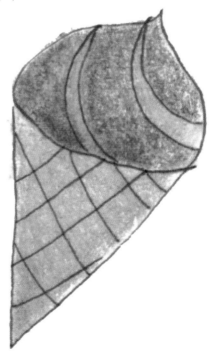

그림책

달팽이는 상추를 사각사각
동그란 집 속에 쏘옥 들어가
상추의 이야기를 갉아먹어요.
그리고는
초록이 똥을 뿌직

달팽이는 당근을 아삭아삭
흙속에 포옥 들어가
당근 이야기책을 펼쳐요.
주황이 똥이 뿌지직

나도 사각사각
놀이 궁전 안에 쏘옥 들어가
이야기를 갉아먹지요.
달팽이도 사각사각
나도 사각사각

달팽이는 뿌지직 이야기를 만들어내고
나는 그림책 속 달콤한 이야기를 사각 사각사각 먹고
아름다운 새싹을 틔우고
튼튼하게 땅을 밟고
빗물을 먹으며
열매를 맺을 준비를 해요.

이상한 엄마를 읽으면 이상한 엄마가 짠
알사탕을 읽으면 알사탕 하나가 또르르르

내일은 어떤 아이를 만날까?
책을 내 머리맡에 두고 스르르

코끼리의 꿈

코끼리에게 무엇을 가장 사랑하는지 물어볼까요?
포로로 포로로 친구들과 재미있게 노는 거라고 하겠지요.
조잘조잘 이야기하고
손을 맞잡고 그네로 달려가는 걸
어떻게 사랑하지 않을 수 있겠어요?

코끼리가 친구를 사귀는 일은 생각만큼 쉽지는 않아요.
친구들은 뒷걸음질 치기도 하지요.
작디 작게 몸을 움츠려보기도 해요.
친구들이 싫어할까봐 콩닥콩닥
데구루루 쿵
코끼리가 꽈당

엉덩방아를 쿵 하고 찧고 다시 일어나면
혼자라서
속상해요.

친구들에게 손을 내밀고
함께 놀자고
다시 용기를 내지요.

하늘을
포로로 포로로 포로로
친구들과 날아오를 수 있게 되지요.

심심해

우리 집 가는 아빠 차 안

우리 끝말잇기 할까?
기차
차선
선장
장~장~장~

땡!

시작!
동물원에 가면 사자도 있고
동물원에 가면 사자도 있고 토끼도 있고
동물원에 가면 사자도 있고 토끼도 있고 사슴도 있고♬
우리는 너울너울

게임

엄마가 회사에 간 날
엄마가 내주고 간 미션
장난감 정리
한글 책 한 바닥 쓰기
숫자 쓰기도 해야 하는데….

배를 깔고 누워요.

조금만 아주 조금만

게임기가 날 불러요.

"엄마 올 시간이야."
누나의 소리

어떻게 해
게임은 시간 먹보!

투명 망토 이불을 쓰고
빨리 해야지!

일곱 살의 작전

동물원에 가자.
아빠 피곤해

그러면 나는 아빠 등에서 놀아요.
어흥!
사자
타탁타탁
난 기린
쿵쾅 쿵쾅
코끼리
우리 같이 놀자.
내가 먹이 줄게.

풍선이 없네.
풍선도 난 만들 수 있죠
아빠 배꼽을 불면
아빠가 부풀어 오르겠죠.
신난다.

"동물원 가자!"

야호!
성공이다!

선생님 놀이

친구들 지금은 책 읽는 시간 이예요.
인형친구들을 앉혀놓고 책을 읽어줘요.

하하하
호호호
모두 귀를 쫑긋

이제 낮잠 자는 시간 이예요.
인형 친구들도 새근새근
선생님도 스르르

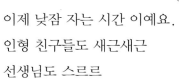

별나라에서 인형 친구들이 가만가만
아이를 토닥여요.

만약에

내가 만약에 거미가 되면 난
빗방울 집을 지어야지
반짝반짝 햇살아래 진주가 되는 집

내가 만약 거미가 되면
데이지 꽃에서 꿀을 먹을 테야

내 다리에 꿀이 묻어 있다면
진드기에게도 한 입 나눠주어야지

놀러 나온 거미와 함께
하늘을 슈웅
구름 속으로 풍덩

씽씽이

5살 태윤이가
형 누나를 따라 씽씽~

태윤이도
기우뚱
씽씽이도
기우뚱

쿵!
철퍼덕

일어나서
씽씽
씽씽씽
나도 씽씽이 잘 탄다.

씽~

저녁에

바람이 노랠 부를 때마다
나무는 머리를 흔들어대며 박자를 맞춰.
로큰롤을 부르고 있겠지.
헝클어져도 좋아.

나도 자전거를 타며 노래를 불러.
헝클어진 머리로 흥얼흥얼
내가 무슨 노래를 부르냐고?
비밀!

머리를 빗고 싶지 않은 건 왜일까?

이게 뭐야

아빠는 만날 야구를 보면서
웃기도 하고 땅을 치기도 하지.
야구장에 가서는 응원가를
신나게 부르지.
야구가 스트레스를 풀어준다나.

그런데 나는
유치원에 다녀와서
한글 한 장
숫자 쓰기
그림책 한권을 봐야 하고

아빠는 놀기 위해
십년도 넘게 공부 했데.

그럼
난 언제 놀아?

해바라기 씨

해바라기
고개를 푸욱 숙인 얼굴
해바라기 씨가 날 잡아요.

해바라기 씨 한 알 두 알 모아요.

해바라기의 꿈을 내 손바닥에 담아왔어요.
해바라기 씨마다 조잘조잘
이야기들이 담겨있어요.

코끼리의꿈

초판인쇄 2020년 11월 21일
초판발행 2020년 11월 25일
저   자 권 희 영
발 행 인 권 호 순
발 행 처 시간의물레
등   록 2004년 6월 5일
등록번호 제1-3148호
주   소 서울시 은평구 증산로17길 31, 401호
전   화 02-3273-3867
팩   스 02-3273-3868
전자우편 timeofr@naver.com
블 로 그 http://blog.naver.com/mulretime
홈페이지 http://www.mulretime.com
I S B N 978-89-6511-327-0 (03800)
정   가 11,500원